चलो अब घर चलें यारो

ग़ज़ल संग्रह

मनु बदायूँनी

अंजुमन प्रकाशन

Title : Chalo Ab ghar Chalen Yaro
Author : Manu Badayuni

Published By-
Anjuman Prakashan
942, Mutthiganj, Prayagraj, 211003
www.anjumanpublication.com
anjumanprakashan@gmail.com

Price in india: 150/-

Printed and bound in India.
Paperback, First published by Anjuman Prakashan in 2022
ISBN : 978-93-91531-56-0
Copyright © 2022 Manu Badayuni
Printing rights reserved : Anjuman Prakashan 2022
Cover & Typeset by Anjuman Prakashan

समर्पण

आप सभी सुधी पाठकों को
मेरे परिवार एवं उन सभी मित्रों को जिनकी प्रेरणा एवं स्नेह मुझे सदैव
मिलता रहा है

अपनी बात (पुस्तक परिचय)

कहा जाता है ग़ज़ल का अर्थ होता है अपने महबूब से गुफ़्तगू करना और अक्सर ग़ज़ल महबूबा की तारीफ़ में कही जाती थी मगर वक़्त के साथ इसमें दुनिया के तमाम मसाइल भी शुमार होते गए। ग़ज़ल ज़माने का आइना हो गयी। हो भी क्यों नहीं? मुझे लगता है जिसे महबूबा की तारीफ़ करनी आती होगी उसे ग़ज़ल कहने की नौबत ही क्यों आयेगी। मेरे लिए ग़ज़ल का मतलब है बस अपनी बात कहना।

आप सोचेंगे कि फिर ग़ज़ल ही क्यों? तो ग़ज़ल इसलिए क्योंकि मुझे लम्बी-चौड़ी तक़रीर करने की आदत नहीं है। मुझे बस जल्दी से अपनी बात कहनी थी और ग़ज़ल ने मुझे वो सहूलियत दे दी कि मैं बस दो मिसरों के एक शेर में अपनी बात कह सकता हूँ। मतलब की ग़ज़ल मेरे लिए वो सब है जो मैं देखता, सोचता, समझता या महसूस करता हूँ। कभी-कभी कुछ अच्छे शाइरों को पढ़ता हूँ तो लगता है वो कितनी कल्पनाएँ करते हुए कैसे-कैसे लफ़्ज़ों का इस्तेमाल करते हैं और फिर कैसे-कैसे काफ़िया, रदीफ़ से उसे सजाते हैं। तब मुझे लगता है कि शायद मैं कोई शाइर हूँ ही नहीं। मुझे तो लगता है कि आप ग़ज़ल को नहीं चुनते बल्कि ग़ज़ल आपको चुनती है।

इस संग्रह में ग़ज़ल के जानकारों को शायद यह आपत्ति हो कि सभी ग़ज़लें प्रचलित बहरों पर क्यों नहीं हैं तो मैं पहले ही कह चुका हूँ कि मैं कोई शायर नहीं हूँ। मैंने अपने जज़्बात को ग़ज़ल में ढालते हुए वही किया जो एक कुम्हार मटकी बनाते समय करता है। वह मटकी बनाते समय उसकी नई-नई डिजाइन बनाने की कोशिश करता है लेकिन वह मटकी का मूल स्वरूप नहीं बदलता है। उसी प्रकार मैंने भी इस संग्रह में कुछ ग़ज़लों के लिए अपने मन से बहर तैयार करके आपके आशीर्वाद अथवा आलोचना के लिए छोड़ दिया है।

मुझे लगता है हर शाइर की ज़िन्दगी में एक खालीपन होता है जिसे वो शायद ग़ज़ल कहके भरना चाहता है। लेकिन उसका वो खालीपन ग़ज़ल से कभी नहीं भरता। तो फिर आप सोचेंगे की फिर वो ग़ज़ल क्यों कहता है ! तो आपका ये क्यों "हवा क्यों चलती है, नदी क्यों बहती है, भगवान ने ये दुनिया क्यों बनाई", जैसा क्यों है। यदि आपके हाथ में यह किताब है तो शुक्रिया आपका। अब आप इसे एक पागल लड़के के जज़्बात की तरह पढ़िए और अगर आपको लगे वो पागल लड़का आपके भीतर भी है तो या तो कुछ नये 'शेर' कह दीजिए या इन शेरों को गुनगुनाते हुए कहिए ये मेरे भी हैं। मेरी तरफ़ से शुक्रिया अंजुमन प्रकाशन का जिसने मुझे आप तक पहुँचा दिया।

मनु बदायूँनी

संवेदना और रिश्तों के एहसास का संगम हैं मनु बदायूँनी जी की ग़ज़लें

कविता की परिभाषा विभिन्न विद्वानों द्वारा भिन्न-भिन्न हो सकती है परंतु मेरे विचार से कविता अंतरात्मा की असीम गहराइयों से स्वयं प्रस्फुटित होने वाली अनकही और अनसुनी प्रतिध्वनि हैं, जो कभी किसी फूल की ख़ुशबू सी, कभी किसान के माथे पर झिलमिलाते पसीने सी, कभी सर्दियों में सुबह के समय आकाश के पत्तों पर जमी ओस की बूँदों सी और कभी नंगे पाँव चलते हुए अचानक पैर के तलवे में चुभने वाली शूल की चुभन भी हो सकती है। कविता होठों की हँसी भी हो सकती है और आँखों का नीर भी। कविता, मन में उमड़ता उत्साह भी हो सकती है और मंजिल की ओर बढ़ते पाँवों की थकन भी। उस कविता की सबसे नाजुक विधा का नाम ग़ज़ल है। यदि आप मनु बदायूँनी जी द्वारा रचित इस ग़ज़ल-संग्रह की रचनाओं को महसूस करते हुए पढेंगे, तो आपको इनमें जिंदगी के विभिन्न रंगों के साथ-साथ कहीं अपनी ज़िन्दगी का ही कोई चल-चित्र घूमता हुआ दिखाई देगा क्योंकि आशा और निराशा के क्षण प्रत्येक व्यक्ति के जीवन में आते-जाते रहते हैं। जीवन के विभिन्न इंद्रधनुषी रंगों ने ही इन ग़ज़लों को अपना संबल और आधार प्रदान किया है।

मनु बदायूँनी जी ने अपनी संवेदना और कलानुभूति को अपनी ग़ज़लों की माला में जिस प्रकार पिरोया है उससे यह पता चलता है कि वह एक सहज और सरल व्यक्तित्व के स्वामी हैं। उनकी यह सहजता और सरलता उनकी रचनाओं में भी व्यक्त होती है।

उनकी ग़ज़लें पढ़ते समय यह महसूस होता है कि वह एक समय सापेक्ष रचनाकार हैं। समाज में घटित होने वाली सभी घटनाएँ उनके हृदय को आंदोलित करती हैं और वह अपने मन की उमड़न और घुमड़न को तत्काल आत्मानुभूति के स्तर पर लाकर अपनी ग़ज़लों के रूप में व्यक्त कर देते हैं। बदायूँनी जी मुख्य रूप से संवेदना के रचनाकार हैं। कोई भी संवेदनशील रचनाकार अपने आसपास घटित होने वाली घटनाओं से अछूता नहीं रह सकता। मनु जी ने अपनी ग़ज़लों में सामाजिक विसंगतियों की सटीक विवेचना प्रस्तुत की है।

मनु जी ने अपने इस प्रस्तुत संकलन में उन ग़ज़लों के प्रकाशन को प्राथमिकता दी है जिन का केंद्र बिंदु जीवन के विभिन्न इंद्रधनुषी रंगों से जुड़ा हुआ है। कुछ कविताओं के मूल में प्यार, रिश्ते, एहसास और ख़ुशी शामिल है तो कुछ में दुख और आँसू का एहसास भी आपके साथ यात्रा करेगा- ।

इस पुस्तक में ऐसी अनेक रचनाएँ हैं जो आने वाले समय में हमारे साहित्य की निधि तो बनेंगी ही साथ ही साथ अन्य कवियों को भी लेखन के लिए प्रेरित करेंगी। मनु जी के पास जीवन अनुभव का एक व्यापक संसार है यह अनुभव ही उनकी लेखनी की ताक़त है। माँ सरस्वती ने उन्हें कविता लेखन का जो वरदान प्रदान किया है उसके आलोक में मनु जी की सृजनशीलता निरंतर उच्च सोपानों की तरफ बढ़ रही है।

अंत में केवल यह कहना चाहता हूँ की मनु बदायूँनी जी ने ग़ज़ल विधा में बहुत ही सराहनीय कार्य किया है और अपने जीवन अनुभवों को अपनी ग़ज़लों में ढालकर एक व्यापक रचना संसार की निर्मित्ति की है । इस पुस्तक के प्रकाशन पर मैं उन्हें हार्दिक शुभकामनाएँ देता हूँ। मुझे पूरा विश्वास है कि मनु बदायूँनी जी अपनी ग़ज़लों के माध्यम से संवेदनशील पाठकों के अंतस की आवाज़ को आंदोलित करते हुए उनमें एक जागरूकता की भावना का संचार करेंगे। सुधि पाठक इस पुस्तक की रचनाओं को मन से पढ़ेंगे और उनके प्रभाव के आलोक में जीवन में नयी और सकारात्मक दिशाएँ तलाश करेंगे। प्रस्तुत पुस्तक के प्रकाशन पर मनु भाई को मेरी अनंत शुभकामनाएँ।

डॉ. प्रवीण शुक्ल
(कवि एवं साहित्यकार)

बदायूं की मिट्टी ने हर दौर में ऐसे ताबनाक सितारे पैदा किए हैं जो आसमान-ए-अदब की ज़ीनत हो गए। फ़ानी बदायूनी से लेकर फ़हमी बदायूनी तक ऐसे बेशुमार नाम हैं जिनके ज़िक्र के बग़ैर उर्दू अदब की तारीख़ नामुकम्मल है। इस अज़ीम सिलसिले में एक नाम मनु बदायूनी साहब का भी जुड़ गया है।

हालही में आपका पहला शे'री मजमूआ मौसूल हुआ जो अभी ज़ेर-ए-मुताला है। इतने कम वक़्त में ग़ज़ल के पेचो ख़म को सुलझाना और इस शौक़ को किताब की मंज़िल तक पहुँचाना बेशक आपकी मेहनत और जुनून का हासिल है।

अभी आग़ाज़-ए-सफ़र है सो कहीं कहीं लड़खड़ाना भी लाज़िम है लेकिन आपने जिस हौसले के साथ ग़ज़ल का दामन थामा है, मुझे पूरा यक़ीन है कि आप उसके दामन में चांद सितारे भी टांकेंगे। बदायूं के ही नुमाइंदा शाइर इरफ़ान सिद्दक़ी साहब के इक शे'र के साथ आपको इस किताब के लिए ढेरों मुबारकबाद और नेक ख़ाहिशात !

अभी शीशा हूँ तो हाथों में चुभा जाता हूँ
मैं जब आईना बनूँगा तो जहाँ देखेगा।

-चराग़ शर्मा

कहीं हमने ग़ज़लों को माशूक़ा से गुफ़्तगू करते सुना तो कहीं बेशुमार ग़ज़लें आसमान के चाँद-तारों को तोड़कर अपने चाहने वाले के क़दमों में रख देने की बातें करतीं दिखाई दीं। मगर मनु बदायूँनी साहब के शेर आसमान के चाँद-सितारे तोड़कर माशूक़ा के क़दमों या ज़ुल्फ़ों में नहीं टाँकते। वो तो उम्र के हाशिए पर पड़े, थकान से चूर किसी बूढ़े की धुँधली आँखों से झाँकते हुए, उसके लरज़ते होठों से उसकी औलाद से घर का वो दालान दिखा भर देने की गुज़ारिश करते हैं जो कहीं ज़िन्दगी की दौड़-भाग में बचपन के तुरन्त बाद बिछड़ गया था। उनके शेर दुनिया भर की दौलत और चमक की तमन्ना नहीं करते। वो तो कहते हैं कि लालच में हम इंसान भले ही गाँव छोड़ आए हों लेकिन वो जो पीपल पर एक भूत था जो दादी की कहानियों में होता था, उसने ख़ुद को गाँव से कभी अलग नहीं किया। वो आज भी उसी पीपल पर रहता है।

मनु बदायूँनी साहब के शेर मुझे इसलिए भी अज़ीज़ हैं कि उन्हें समझने के लिए, उनके माअनी निकालने के लिए बहुत दिमाग़ी कसरत करने की ज़रुरत नहीं है। वो बेहद आसान लहज़े में ऐसी बातें कह जाते हैं कि कोई भी हैरत में पड़ जाए।

उन्हें कहीं दूर गाँव में बैठा ज़िन्दगी के पेच-ओ-ख़म सुलझाने में मशरूफ़ वो शख़्स भी अपना लेता है जिसे किताबों ने नहीं सिर्फ़ ज़िन्दगी ने तालीम दी।

उन्हें वो शख़्स भी अदब के साथ पढ़ता है, पढ़कर खिल उठता है जो किताबी तालीम के सबसे ऊपरी तल पर खड़ा है।

कहने को और भी बहुत कुछ है मगर फ़िलहाल यह कि ग़ज़लों के इस बेशक़ीमती ख़ज़ाने का हर शेर आपके दिल पर दस्तक देता हुआ, आपके ख़्यालों से गुफ़्तगू करता हुआ गुज़रेगा।

इस किताब की क़ामयाबी के लिए मनु बदायूँनी साहब को बेशुमार दुआएँ!

-अनन्य देवरिया

मेरी कुछ मुलाकातें मनु बदायूंनी (मनमोहन तिवारी) से रही और दूरभाष के माध्यम से कई बार हमारी बातचीत होती रही है

मैं गजल के बारे में अधिकृत ढंग से कुछ कहने जितना समर्थ नही हूं ,पर जैसा कि बहुत सी विधाएं न जानते भी अच्छे पाठक या श्रोता के रूप में बहुत कुछ समझने जानने लगते हैं उसी तरह मैं श्रोता रूप में मनु को ,बतौर गजलकार बहुत पसंद करता हूं,उनके लिखे शेर प्रभावित करते हैं,मंचीय प्रस्तुति भी मैंने देखी ,सुनी है ,अत्यंत प्रभावी सिद्ध होते हैं यहां भी

उनका प्रकाशन की दिशा में गजल संग्रह .... निश्चित ही विद्वुजनों की कसौटी पर खरा उतरेगा और पढ़ने वालों की जबान पर कई शेर चढ़ जायेंगे, ऐसी आशा करता हूं और मनु के सुखद भविष्य की कामना करता हूं !

रमेश शर्मा

अनुक्रम

01

नयी हर बार कोई चोट पहुँचाने को आता है
हमारी ज़िन्दगी में हर कोई जाने को आता है

हमारे ग़म हैं जो कि दिल से टस से मस नहीं होते
वही आँसू है जो हर बार बह जाने को आता है

जिसे देखो वही है चाहता अब रोकना रस्ता
यहाँ है कौन जो अब पीठ सहलाने को आता है

मैं फिर बचपन में जा गिरता हूँ यादों के झरोखों से
कोई गर डाकिया ख़त अब भी पहुँचाने को आता है

बहुत रिश्ते बनाये हमने थे महफ़ूज़ रहने को
वही हर रिश्ता अब लगता है ज्यों खाने को आता है

बहुत कम ज़ेहन में आता है वो पर जब भी आता है
हमें लगता है दिल काग़ज़ पे बनवाने को आता है

02

वो मेरी नींद पर क़ब्ज़ा जमाकर बैठ जाती है
तुम्हारी याद क्यों बिस्तर पे आकर बैठ जाती है

मुझे जब लगने लगता है कि मैं हूँ जीतने वाला
नये मोहरे ये क़िस्मत फिर सजाकर बैठ जाती है

सियासत झट पकड़ लेती है जुगुनू कैसे चमका था
जिधर सूरज हो वो चश्मा लगाकर बैठ जाती है

कहाँ का इश्क़ मेरा अब तो बस इतना-सा है क़िस्सा
है उठती हूक दिल में कसमसाकर बैठ जाती है

यूँ तो चोटों से ही इंसान ने सीखा सँभलना है
कोई फिर चोट दिल में घर बनाकर बैठ जाती है

शजर तो कट गया लेकिन वो चिड़िया भूल ना पायी
वहीं पर वो किसी पत्थर पे जाकर बैठ जाती है

कहूँ क्या अब मैं ख़ाली हाथ तो घर जा नहीं सकता
मेरी मासूम बेटी मुँह फुलाकर बैठ जाती है

03

चहकती तीज थी औ रक्षाबन्धन बोल पड़ता था
मेरे बचपन में जब आता था सावन बोल पड़ता था

अलग ख़ुशबू थी हर रिश्ते की दीवारें महकती थीं
बुआ आती थीं घर फिर मानों आँगन बोल पड़ता था

लजाती थीं सखी से भी जो कहने में वो झूलों पर
किसी गोरी का मन 'घर आओ साजन' बोल पड़ता था

'पराये घर की है बहना' मेरी दादी जो कहती थीं
'नहीं जायेगी वो' ये मेरा बचपन बोल पड़ता था

कभी भी प्यार के रिश्तों में यूँ बातें ना होती थीं
पिता जी आ गये घर माँ का कंगन बोल पड़ता था

कहाँ उपहार थे इतने कहाँ बाजों की रौनक थी
है भाईदूज ये माथे का चन्दन बोल पड़ता था

04

है वक़्त सब ज़ख़्मों की दवा मान जायेंगे
सबने कहा तो हम क्या भला मान जायेंगे

बर्बाद ख़ुद ही ख़ुद को किया इस पे है हमने
वो कह गया था करके दिखा मान जायेंगे

रुठे कोई अपना तो यूँ छोड़ा नहीं जाता
आकर कभी तू मुझको मना मान जायेंगे

हैं होड़ में पाने की उन्हें होश ही क्या है
दे दो उन्हें पत्थर वो ख़ुदा मान जायेंगे

है हुस्न वो शै आँखों पे बस ही नहीं चलता
फिर बुड्ढे हों या शादी शुदा मान जायेंगे

हर बार दिल में आता है पर कर नहीं पाते
इस बार जो हो हम भी बुरा मान जायेंगे

चलो अब घर चलें यारो

05

वीरान-सा मंज़र भी मुझे देख रहा था
तो दूर से सागर भी मुझे देख रहा था

मैं मंज़िलों को मार के ठोकर ही चला हूँ
इक मील का पत्थर भी मुझे देख रहा था

दिल करता था दीवारों को आग़ोश में ले लूँ
लगता था मेरा घर भी मुझे देख रहा था

जज़्बा था वो कि जान हथेली पे रखी थी
इक ख़ूँ लगा ख़ंजर भी मुझे देख रहा था

लुटने चला आया था मैं ख़ुद राह में ऐसे
हैरान हो रहबर भी मुझे देख रहा था

कैसे कहूँ कि भूल गया हूँ मैं उसे अब
वो ग़ैर का होकर भी मुझे देख रहा था

06

कि वो छोटा ना हो जाये यही डर चीख़ पड़ता है
बहुत छोटी-सी बातों पर वो मुझ पर चीख़ पड़ता है

कभी उन वादियों में बस हवाएँ गीत गाती हैं
कभी लगता है जैसे कोई पत्थर चीख़ पड़ता है

यूँ तो उस घर में यादों के सिवा हलचल नहीं कोई
मगर जब बेचना चाहूँ मेरा घर चीख़ पड़ता है

बहुत पहले वहाँ पर गुल किसी ने नोंच डाला था
गुज़रते हैं कभी तो अब भी मंज़र चीख़ पड़ता है

हमारे ज़ख़्म ने ख़ुद चुन लिया है ज़ख़्म रह जाना
हमारा ज़ख़्म अब मरहम से मिलकर चीख़ पड़ता है

मेरा दिल इतना घायल है कहाँ अब चोट दोगे तुम
इसे जो देख ले घबरा के ख़ंजर चीख़ पड़ता है

चलो अब घर चलें यारो

07

बहा कर मीठे दरिया को वो ज्यों सागर में ले आया
अकेलापन मुझे इस भीड़ के मंज़र में ले आया

गुनाहों को छुपाने की ग़ज़ब तरकीब सोची है
ग़रीबों से जो छीना उससे कुछ मंदिर में ले आया

मुझे भगवान की ऐसी ज़रूरत आ गयी उस दिन
रहा का एक पत्थर मैं भी अपने घर में ले आया

मैं रोया सामने पत्थर के तो ऐसा सुकूँ बरसा
लगा ऐसा ख़ुदा भी ख़ुद को उस पत्थर में ले आया

सुकूँ का काम ही कुछ था नहीं यूँ मेरी दुनिया में
चलो इतना तो है वो नींद ही बिस्तर में ले आया

मेरी आँखों में हरियाली की ऐसी ख़्वाहिशें जागीं
वही इक ख़्वाब था जो कि मुझे बंजर में ले आया

08

मेरी सारी ख़्वाहिशें हर ख़्वाब ख़ाली हो गया
एक मछली क्या गयी तालाब ख़ाली हो गया

शेर कहने का मेरा हासिल फ़क़त इतना-सा है
जो जलाता था मुझे तेज़ाब ख़ाली हो गया

बाद लुटने के किया महसूस मैंने बस यही
बोझ से मैं था बहुत बेताब ख़ाली हो गया

गाँव में बिजली ने आकर कर दिया बस ये बदल
जो लुभाता था मुझे महताब ख़ाली हो गया

मुझमें मैं ही हो गया ख़ाली तेरे जाने के बाद
आँख से बहता हुआ सैलाब ख़ाली हो गया

सिंध तो पंजाब से ज़्यादा कहीं जुड़ता न था
फिर भी कटने से लगा पंजाब ख़ाली हो गया

09

हवा ने आपको मेहनत बिना ऊपर उठाया है
तभी तो आप ने ये आसमाँ सर पर उठाया है

करो मज़दूर की बातें तो ना यूँ ए. सी. कमरों में
निकाले हैं कभी गेहूँ, कभी छप्पर उठाया है

तुम्हारी परवरिश का दोष है बर्बाद होगे तुम
कलम को छोड़कर जो हाथ में ख़ंजर उठाया है

हमारी ज़िन्दगी भी कट गयी है और लोगों सी
कहीं पर हाथ जोड़े हैं कहीं पत्थर उठाया है

सभी तो बज़्म में ऐसे हैं सबने चोट खायी है
भला कैसे कहूँ मैं शेर ये किस पर उठाया है

पढ़ाया बेचकर ख़ुद को, वो बेटा बाप से बोला
कहाँ देखी है दुनिया तुमने बस गोबर उठाया है

10

लो बोझिल हो गया लश्कर चलो अब घर चलें यारो
सभी दिल हो चुके पत्थर चलो अब घर चलें यारो

उन्हें दुनिया बदलती थी वो जज़्बा चंद पल का था
तभी मैंने कहा हँसकर चलो अब घर चलें यारो

ये पागल भीड़ तो अब भी सियासत के नशे में है
ये किस पर फेंक दे पत्थर चलो अब घर चलें यारो

किसी के क़त्ल पर बोलो तो ख़ुद की जान का ख़तरा
तो आँखें ताक़ पर रखकर चलो अब घर चलें यारो

जिसे हमने बनाया था वही है जान का दुश्मन
भरोसा अब करें किस पर चलो अब घर चलें यारो

शराबी बाग़बाँ हैं औ नशे में फूल लगते हैं
नुचेंगे तितलियों के पर चलो अब घर चलें यारो

इसे ग़म है उसे ग़म है जिसे देखो है ग़म ही ग़म
सभी के दर्द से बचकर चलो अब घर चलें यारो

चलो अब घर चलें यारो

11

जब कोई मासूम बच्चा मुल्क पर क़ुर्बान होगा
सारी दुनिया जानती है मुल्क हिन्दुस्तान होगा

जान देना पर जलाना शान अपनी मानता है
ये परिन्दा अब कभी सूरज का भी मेहमान होगा

हर विराना याद में है, कल यहाँ इन्सान थे कुछ
और जंगल डर रहा है कल यहाँ इन्सान होगा

बेटियों को मारा तो इन्सानियत बचती नहीं है
हैं जहाँ पर भी शहर केवल वहाँ शमशान होगा

दो दिलों में क्या मुहब्बत हद से ज़्यादा बढ़ रही है
इसका मतलब है कि फिर से जंग का ऐलान होगा

हम सिपाही हो न पाये, पर तिरंगे में दफ़्न हों
बाकी सब तो हैं तमाशे, वो मिरा सम्मान होगा

12

हाँ वही बेले का पौधा और काला गेट था
हाँ वही घर है जहाँ पर दिल मेरा रहता रहा

फिर बिना इज़हार के ही लौटकर आता था मैं
पूछता फिर दोस्तों का बोलो उसने क्या कहा

क्या कहूँ कैसे कहूँगा सोचता लिखता था मैं
कितने पागलपन मैं कितने दिन तलक करता रहा

काँटा था जिस झील में उसमें नहीं थीं मछलियाँ
हाँ मगर कुछ था मज़ा कि मैं वहाँ बैठा रहा

एक टूटी कश्ती जो इक मौज भी सह न सकी
हाल अपने इश्क़ का भी दोस्तों ऐसा रहा

वो मेरा माशूक़ जो हर बार देता ज़ख़्म है
और फिर ये पूछता है अब कहो कैसा रहा

* * *

13

हर ज़ेहन की सोच अपनी सोच टकराती तो है
मैं ग़लत या तू ग़लत फिर बात ये आती तो है

वो मेरी होगी ना होगी फ़ैसला कर तू ख़ुदा
हाँ मेरी ख़ातिर वो कुछ रिश्तों को ठुकराती तो है

होड़ है सब में बड़ा हो जाऊँ मैं सूरज बनूँ
ऐ दिये ख़ुश हो ले तेरे साथ में बाती तो है

बिक गया पूरा शाजर इक घोंसला ऐसे बना
बाग़ाबाँ ख़ुश है वो चिड़िया आती औ जाती तो है

यूँ तुम्हारी याद क्या है दर्द है रोना है बस
फिर भी मैं ख़ुश हूँ चलो कुछ वक़्त बहलाती तो है

बाज़ हैं चारों तरफ़ वो शहर के जंगल में है
पर वो चिड़िया दाना चूजों के लिए लाती तो है

✶

14

किसी राँझे की हो या फिर किसी मजनू की बेटी है
कोई पहचान दो लेकिन ग़ज़ल आँसू की बेटी है

चमक में रौशनी ये बात कैसे भूल जाती है
अँधेरे में हुई पैदा किसी जुगनू की बेटी है

तुम्हारे ख़्वाब की परियों में वो शामिल नहीं होगी
पली मिट्टी के घर में वो किसी बिरजू की बेटी है

ये सब दुनिया में मेरी महक को फैला रही है जो
तुम्हारी याद फूलों में पली ख़ुशबू की बेटी है

किसी की चीख़ सुनकर लोग अन्तर कैसे करते हैं
वो रहमत ख़ान की है या किसी रामू की बेटी है

हो जो अंगूर की बेटी तो मय हो फिर ग़रीबों की
तू तो अय्याशियों में है तो तू काजू की बेटी है

* * *

चलो अब घर चलें यारो

15

परिन्दा कोई डर से शाख़ पर जब घर बदलता है
हमारे गाँव का मौसम तभी अक्सर बदलता है

थी मेरे ख़्वाब में मूरत थी गढ़नी हूबहू उन सी
है ये इल्ज़ाम मुझ पर शख़्स ये पत्थर बदलता है

सबूतों की कमी है सब सियासतदाँ ये कहते हैं
है इक क़ातिल जो हर इक क़त्ल में ख़ंजर बदलता है

ये तो कठपुतलियाँ हैं जिनकी हरकत पर फ़िदा हो तुम
कोई अन्दाज़ इनका पर्दे के अन्दर बदलता है

किसी इक शख़्स में ही जाने कितनी शख़्सियत देखीं
है लगता इश्क़ जैसे आँखों का मंज़र बदलता है

सुकूँ भी चाहिए ऐ दोस्त गहरी नींद आने को
तू पागल अब तलक केवल दरी चादर बदलता है

16

दौलत तो बढ़ी पर मेरा घाटा नहीं गया
चीख़ों से मेरे घर का सन्नाटा नहीं गया

चलता तो गया पाँव को पत्थर बना के मैं
सच ये है मेरी राह का काँटा नहीं गया

हम दोनों सही थे मगर फिर भी बिछुड़ गये
कुछ ऐसी खाई थीं जिन्हें पाटा नहीं गया

सुन लेगा मुझे कौन और मैं किस को दूँ सुना
बेचा है जहाँ दर्द भी बाँटा नहीं गया

मैं हूँ काट ली जिसने है तेरे बिना उमर
इक तू है जरा वक़्त भी काटा नहीं गया

वो भी सिसकियों के सिवा कुछ कह नहीं सकी
मुझसे कॉल भी जाने क्यों काटा नहीं गया

✺

चलो अब घर चलें यारो

किसी रिश्ते के उलझे तार में उलझे हुए हम
अभी भी हैं किसी किरदार में उलझे हुए हम

तमन्ना थी यही इक रोज़ उससे बात होगी
हमेशा ही रहे अशआर में उलझे हुए हम

गुलों की ख़्वाहिशों का बस यही अंजाम निकला
हमेशा रह गये बस ख़ार में उलझे हुए हम

ख़ुदा ने दिल को मेरे बख़्श दी ऐसी फ़क़ीरी
बहुत रोते हैं अब परिवार में उलझे हुए हम

हमेशा शोर ही दुश्मन हमें लगता रहा और
हमेशा ही रहे बाज़ार में उलझे हुए हम

ग़ज़ल कहने को क्या-क्या देखते औ सोचते हैं
नदी में धूप में दीवार में उलझे हुए हम

18

कितने रिश्ते एक रिश्ते से लड़कर टूट जाते है
इश्क़ करने से मेरे गाँव में घर टूट जाते है

इतने रिश्तों में है उलझा परिन्दा उड़ नहीं सकता
करता है उड़ने की कोशिश मगर पर टूट जाते है

आश इतनी सी है और मैं उन्हें हरदिन मनाता हूँ
ज़्यादा कोशिश हो तो पानी से पत्थर टूट जाते है

माना वो दिल से हैं पत्थर कभी रोते नहीं हैं जो
ये वही हैं कि जो अन्दर से अक़्सर टूट जाते है

ख़्वाब आसाँ है बनाना पूरा करना बहुत मुश्किल
सौ में नब्बे हैं जो बर्बाद होकर टूट जाते हैं

लोग कुछ ऐसे हैं जो कुछ मिले वो रोते जाते हैं
मेरे जैसे कुछ है दर्दों में हंसकर टूट जाते है

कल तलक फूलों ने छूकर दिये है ज़ख़्म इस दिल पर
आज दिल इतना है पत्थर की ख़ंजर टूट जाते है

चलो अब घर चलें यारो

19

हुए बर्बाद हैं हम दोस्ती में
थी बस ख़ुद की ख़ुशी उस ख़ुदकुशी में

अँधेरे इसलिए हिस्से में आये
लगा दी आग हमने रौशनी में

पुराना रोग जो अब तक ना बदला
उसी को देखते हैं हर किसी में

चलो अच्छा हुआ तुम लौट आये
मज़ा आने लगा था ज़िंदगी में

जो शायर हो तो फिर बर्बाद भी हो
तो फिर उलझे रहो तुम आशिक़ी में

हमारे शौक़ ने क्या गुल खिलाये
कि दिल तुड़वा लिया बस दिल्लगी में

20

जिन से नफ़रत थी वो भी चुनकर मुझे अच्छा लगा
जौन सा भी रंग था उन पर मुझे अच्छा लगा

मैं कोई भौंरा नहीं जो फूलों पर बैठा रहूँ
हाँ मगर इक फूल को छूकर मुझे अच्छा लगा

वैसे दुनिया में मुझे शायर बताता कौन है
दिल की कुछ बातें थीं जो कहकर मुझे अच्छा लगा

यादें तेरी छेड़ती थीं संग में कुछ जाम थे
सच कहूँ तो दर्द में रहकर मुझे अच्छा लगा

उम्रभर तुम साथ मेरा दोगे ये मुमकिन न था
फिर भी तेरे साथ में चलकर मुझे अच्छा लगा

सब जो हँसते थे मुझे उस वक़्त लगता था बुरा
अपने ही दर्दों पे फिर हँसकर मुझे अच्छा लगा

❁

  चलो अब घर चलें यारो

21

नया कुछ होगा तो क्या नामा-ए-आमाल बदलेगा
हमारा हाल भी बदलेगा या बस साल बदलेगा

हुकूमत बदले तो तालाब के मालिक बदलते हैं
तो ना तो मछलियाँ बदलेंगी ना ही जाल बदलेगा

ख़ुदा खेला है मुझसे ऐसे कि बस मैं परेशाँ हूँ
यही उम्मीद है वो अब तो अपनी चाल बदलेगा

सवालों की लड़ी है बस जबाबों में नहीं है कुछ
तो ना विक्रम बदलते हैं ना वो बेताल बदलेगा

वही हम हैं, वही दुनिया, वही ग़म हैं, वही हालत
तो बस वो अंक है पीछे का जो हर साल बदलेगा

हमें ख़ुद को बदलना होगा जो जीना सुकूँ से है
हमें लगता नहीं दुनिया का ये जंजाल बदलेगा

22

क्या करूँ ऐसा उसे अच्छा लगे
छोड़ सब कुछ वो गले से आ लगे

क्या कहूँ कि क्या बुलंदी चाहिए
सर हमारा आसमाँ में जा लगे

ऐ करोना छोड़ के तू जा हमें
फिर हमारे गाँव में मेला लगे

हम सभी आशिक़ हैं उस इक फूल के
अब कहो रिश्ते में हम सब क्या लगे

ऐसे रिश्ते हैं हमारे गाँव में
उम्र में दुगना मेरा बेटा लगे

ख़ौफ़ ने घर कर लिया है दिल में यूँ
रात में दीवार पर चेहरा लगे

है लचक लहजे में उसके इस क़दर
उस पे कुछ फेंको तो उल्टा आ लगे

चलो अब घर चलें यारो

23

मरने से पहले दूर वो जानी भी नहीं है
इक बात है जो मुझको बतानी भी नहीं है

हालात ने मेरी नयी पहचान बना दी
बूढ़ा नहीं हूँ और जवानी भी नहीं है

इतनी नयी ये चोट है क्या ख़ून बहेगा
मैं भूल जाऊँ इतनी पुरानी भी नहीं है

ऐसी है वो कि देख लूँ तो सो नहीं पाता
वैसे वो कोई रूप की रानी भी नहीं है

इक याद उसकी छोड़ के जाती नहीं मुझको
इक वो जो किसी हाल में आनी भी नहीं है

वैसे भी तेरा साथ कोई क़िस्सा तो ना था
तो फिर कहानी कोई सुनानी भी नहीं है

24

कहना कहाँ आसान था फिर भी मगर कहा
क़िस्सा तेरा कल दोस्तों से रात भर कहा

उसकी वज़ह से जान पर इतनी दफा बनी
फिर उम्र भर मैंने उसे जाने ज़िगर कहा

रिश्ते कई तोड़े हैं तब मंज़िल मिली मुझे
सब की तरह मैंने भी दीबारों को घर कहा

कहनी थी इक दूजे से तो कुछ ना कही सुनी
उसने उधर बोला कभी मैंने इधर कहा

वो चोट आसूँ सब थे बस रास्ते के ही पड़ाव
तूने कहा है ग़म जिसे मैंने सफ़र कहा

ऐसा तो ना था तू मनु तुझको हुआ है क्या
कल ख़ुद को मैंने आइने में देखकर कहा

❁

 चलो अब घर चलें यारो

25

हम ख़ुद ही ख़ुद को देके कुछ इल्ज़ाम रो पड़े
रोये भी तो यूँ रोये सर-ए-आम रो पड़े

इस मुल्क के जज़्बात तो दुनिया से हैं अलग
सलमा हुई बे आबरू श्री राम रो पड़े

मेरी ग़ज़ल की दास्तां ख़ुद में है इक ग़ज़ल
आगाज़ खुल के रोया फिर अंजाम रो पड़े

यूँ तो कई चेहरों से अब मिलने लगी ख़ुशी
महफ़िल में जब भी आया तेरा नाम रो पड़े

जो अलविदा कहते हुए हँस कर चले गए
कल फोन पर वो लेके मेरा नाम रो पड़े

कैसे कहें हम दोस्त गर इतना ना कर सकें
गम में सुदामा थे तो बस घनश्याम रो पड़े

✺

26

है रात की उतरी नहीं अब भी नशे में है
ठहरो ज़रा मेरी ग़ज़ल बस रास्ते में हैं

माना है सच इक दूजे से बनती नहीं उनकी
इक शख़्स है मुझमें वहीं इक आइने में हैं

क्या ख़ूब है कैसे कहूँ उन फूलों की रौनक़
पर वो मज़ा है कब तुझे जो देखने में है

जीने की ही वो चाह बस मुझमें नहीं है अब
इसके सिवा ऐ दोस्त मेरे सब मजे में हैं

है ताज जिसके नाम पे उसको मिला है क्या
वो तो बिचारी सिर्फ़ अपने मकवरे में है

सारी ग़ज़ल उस पे कहीं जो है नहीं तेरा
तू भी मनू ना जानें किस पागलपने में है

चलो अब घर चलें यारो

27

पुरानी पीर से आगे का सोचना होगा
तेरी तस्वीर से आगे का सोचना होगा

भले ही सुनने वो अब भी सबसे उम्दा हों
ग़ज़ल में मीर से आगे का सोचना होगा

नसीबों पे अगर छोड़ा तो इश्क़ कैसा है
हमें तक़दीर से आगे का सोचना होगा

मैंने की पार मोहब्बत-ए-शिद्दत-ए राँझा है
तुझे भी हीर के आगे का सोचना होगा

जहर से है बुझा के दुनिया ने छोड़ा जिसको
हमें उस तीर से आगे का सोचना होगा

बहुत रिश्तों में उलझा हूँ पर आगे जाना है
तो इस जंजीर से आगे का सोचना होगा

❁

28

हमारी ज़िन्दगी भी क्या रही है
तुम्हारी याद है बस आ रही है

अधूरी ख़्वाहिशें हैं अब तलक सब
उमर ये तेज़ ढलती जा रही है

मचलता क्यों हूँ मैं बच्चों के जैसा
फ़ज़ा से उड़के तितली जा रही है

किया है इश्क़ ने बर्बाद कितना
वही इक भूल फिर की जा रही है

मेरी जाँ तुम हुई हो जान जब से
हमारी जान निकली जा रही है

मेरी अब भी वहीं उलझी हैं आँखें
वो अपनी ज़ुल्फ़ों को सुलझा रही है

✻

चलो अब घर चलें यारो

29

बिस्फोट हो जिससे वही फिर तार छू लिया,
मैंने तेरी तस्वीर को बेकार छू लिया

तुझको भुला के आगे जाने की तड़प में ही,
ख़ुद अपने ही ज़ख़्मों को कितनी बार छू लिया

जब तुम मिले ना थे तो थी अपनी सी जिंदगी ,
शनिवार को छेड़ा कभी इतवार छू लिया

तुझसे विछुड़ना मिलना था बस इतना सा ऐहसास,
जैसे किसी साधू ने हो घर बार छू लिया

मुझको समझ है लोगों की बस था यही गुरुर,
हर बार गुल के बदले कोई ख़ार छू लिया

ताजी हवा फिर कर गयी है गुल से ये सलूक ,
उस बार जो छूटा था वो इसवार छू लिया

30

रात आयी तो शहर जाग गया
तेरी यादों का असर जाग गया

गाँव में गीतों की चौपाल जगी
शहर में ख़ौफ़-ओ-क़हर जाग गया

पोंछ आँसू बस अभी सोया था मैं
सुन के दंगों की ख़बर जाग गया

शाख़ पर सोती हुई चिड़िया दिखी
ऐसा लगता था शजर जाग गया

मैं उसे ख़्वाब में कल छूने लगा
और फिर वो भी उधर जाग गया

ख़ुद ही दी मैंने वो पायल जो उसे
आयी वो पूरा ही घर जाग गया

मंज़िलों ने यूँ दिए ज़ख़्म मुझे
मेरे तलवों में सफ़र जाग गया

चलो अब घर चलें यारो

31

अजब सा शोर है कुछ बात बुनियादी हुई है क्या
किसी के इश्क़ में पागल वो शहज़ादी हुई है क्या

ये जितनी है हँसी उतनी ही तो ख़तरे में रहती है
हमारी ज़िन्दगी कश्मीर की वादी हुई है क्या

ये पगली हर किसी को देखकर क्यों मुस्कराती है
ये भी मेरी तरह अब ज़ख़्मों की आदी हुई है क्या

बड़ा चैनो-अमन है आसमाँ के आज दामन में
ज़रा पूछो तो कोई चाँद की शादी हुई है क्या

परिन्दे चहचहाते थे वो डरते हैं सिसकते हैं
कहीं जंगल में इन्सानों की आबादी हुई है क्या

अजब सा सच कहा मासूम से लहजे में जो उसने
कहा बेटी से कल मैंने मेरी दादी हुई है क्या

❂

32

वो ज्यों चंदा पे बादल के नक़ाब अच्छे नहीं लगते
वो जिनमें तुम नहीं होते हो ख़्वाब अच्छे नहीं लगते

मुझे वो छोड़कर अक्सर उन्हें जो चूम लेते हैं
मैं सच कहता हूँ फिर मुझको गुलाब अच्छे नहीं लगते

मैंने पूछा मुहब्बत है वो बोली कल बतायेंगे
मुहब्बत में सियासत के जबाब अच्छे नहीं लगते

अमीरी, जाति, मज़हब और जाने कितने लफड़े हैं
अकेले इश्क़ पर इतने दबाव अच्छे नहीं लगते

तू कितनी रात जागी है मैं कितने दिन तलक रोया
मुहब्बत में छोटे मोटे हिसाब अच्छे नहीं लगते

वो जिनकी ख़्वाहिशों में दिन यादों में रातें गुज़री हैं
उसी ने कह दिया इक दिन जनाब अच्छे नहीं लगते

✺

चलो अब घर चलें यारो

33

मैं अब भी झील में यादों की काँटा डालता हूँ
मैं हर सावन में उस पाकड़ पे झूला डालता हूँ

अगर माँ है तो फिर उसका कमाई में हो हिस्सा
तभी तो अब भी मैं गंगा में सिक्का डालता हूँ

सियासत ने तुझे तो क़त्ल कर रस्ते में फेंका
तो ले इन्सानियत मैं तुझ पे कपड़ा डालता हूँ

कहा मुझसे तो हिन्दी उर्दू ने तू बोल दिल की
ग़ज़ल में तब से मैं जज़्बात ज़्यादा डालता हूँ

भुलाने थे मुझे जो दर्द ग़ज़लों में पिरोये
नमक मैं अपने ही ज़ख़्मों पे कितना डालता हूँ

अभी तक ज़िन्दगी की चाल सब उल्टी पड़ी हैं
यहाँ मैं हूँ कि बस पासे पे पासा डालता हूँ

34

तुम्हें देखा तो सहमा इश्क़ का फ़रमान आयेगा
ना जाने फिर कहाँ से कौन-सा तूफ़ान आयेगा

भरम होगा मगर वो मुझको कितना सच सा लगता था
कि कौऐ बोलते हैं अब कोई मेहमान आयेगा

वहम भी हो मगर ऐ दोस्त इसको मानना सच है
ग़लत जो भी करेगा देखने भगवान आयेगा

मुझे हिन्दू, मुसलमाँ, सिक्ख से लेना नहीं कुछ भी
मुझे गर मिलने आयेगा कोई इन्सान आयेगा

यही सब सोचकर मैं सब को अपना ही समझता हूँ
यहाँ जो आयेगा वो मुझको अपना मान आयेगा

ग़ाज़ल के नाम पर रस्ते में मैं यादें गिराता हूँ
किसी दिन वो निशानी ये सभी पहचान आयेगा

चलो अब घर चलें यारो

मेरे ख़्वाबों की तरह बिखरा हुआ है
आसमाँ बतला तुझे ये क्या हुआ है

दोस्त कुछ ऐसे हैं मुझ पर जान दे दें
आस्तीं में साँप भी लिपटा हुआ है

हाँ उसी रास्ते से शांति दूत आये
रास्ता जो ख़ून से भीगा हुआ है

मेरी सारी ख़्वाहिशें फिर तोड़ डालीं
कल ख़बर आयी कि फिर बेटा हुआ है

था अजब बन्धन मैं कैसे भूल पाता
एक धागा पेड़ में उलझा हुआ है

तेरी ख़्वाहिश छोड़ देना ही भला था
मैंने जो सोचा था सब उल्टा हुआ है

इक शजर अब ख़त्म सा होने लगा है
इक परिंदा डाल पर बैठा हुआ है

***

36

तेरा जाना भी जिसको मंज़ूर होगा
तू ख़ुद सोच वो कितना मजबूर होगा

तेरे जाने का ज़ख़्म तब से है अब तक
लगे है ये अब ज़ख़्म नासूर होगा

तेरे ग़म में इक शख़्स पागल भी होगा
तमाशा मगर ये कहीं दूर होगा

सुना टूटे दिल से ही मिसरे हैं जुड़ते
जो टूटेगा जितना वो मशहूर होगा

मेरा अपना कोई है मेरा ही क़ातिल
मुझे ये लगा ये भी दस्तूर होगा

तेरा दिल 'मनू' ख़ूबसूरत हो जितना
ये है आइना तो कभी चूर होगा

❂

चलो अब घर चलें यारो

यूँ सारे फ़ैसले जज़्बातों में बहकर नहीं होते
जरा ख़ुद को सम्भालो हादसे कहकर नहीं होते

ज़रूरत उनकी थी तो मिलते थे हर मोड़ पर मुझको
उधारी वापसी माँगो तो वो घर पर नहीं होते

इसे कुछ ख़ौफ़ होगा वो भी अपनी मौत से ज़्यादा
किसी के हाथ में यूँ बेवजह ख़ंजर नहीं होते

वो मेरा होता गर मैं मान लेता उसकी बातें सब
वफ़ा के फ़ैसले पर ऐसे शर्तों पर नहीं होते

लिये हैं फ़ैसले जब ख़ुद, मिली है कामयाबी भी
मगर वो फ़ैसले माँ-बाप से बेहतर नहीं होते

लगे है आँसुओं की मार वो भी सह नहीं पाया
नहीं तो उसके भी जज़्बात यूँ पत्थर नहीं होते

यूँ उड़ना चाहते सब हैं मगर सब उड़ नहीं पाते
किसी के हौसले कम हैं, किसी के पर नहीं होते

❈

किसी के साथ में होने की भी क़ीमत चुकाती है
वहीं वो आसरा खोने की भी क़ीमत चुकाती है

हवस उन आँखों में भी है, जो कँधा थपथपाते हैं
बिचारी फूटकर रोने की भी क़ीमत चुकाती है

जो सबसे ख़ूबसूरत थी वही तोड़ी गयी पहले
कली तो ख़ुश शकल होने की भी क़ीमत चुकाती है

किसी ने कह दिया देवी, कोई जूती समझता है
वो जैसे बस यहाँ होने की भी क़ीमत चुकाती है

ये हर रिश्ते की ख़्वाहिश है कि वो उसके मुताबिक़ हो
वो ख़ुद के ख़्वाब संजोने की भी क़ीमत चुकाती है

यहाँ मैं शेर पढ़ता हूँ, वहाँ कुछ नज़रें उस पर हैं
वो मेरी याद में होने की भी क़ीमत चुकाती है

चलो अब घर चलें यारो

39

मुझे जो दर्द देता है तड़पने क्यों नहीं देता
वो कह लेता है मुझको बात रखने क्यों नहीं देता

है इक बादल उमस पैदा बहुत करता है जो दिल में
मेरा दिल उसको आँखों से बरसने क्यों नहीं देता

तू बरगद है तेरी ज़्यादा ज़रूरत है समझता हूँ
मगर तू छोटे पौधों को पनपने क्यों नहीं देता

ज़रूरत पत्थरों की क्या ये ख़ुद झोली में गिर जायें
तू पत्थर फेंकता है फल को पकने क्यों नहीं देता

भरा है दिल अगर तो फिर इसे लोगों से साझा कर
भला तू आँख से आँसू टपकने क्यों नहीं देता

मुझे मालूम है मेरा सुकूँ आवारागर्दी है
दिखावे में हूँ मैं ख़ुद को बहकने क्यों नहीं देता

40

झूठी है ये ज़िंदगी सच्चाइयों को क्या पता
तू मुझी में है मेरी तन्हाइयों को क्या पता

रौशनी तेरी चमक से मैं तो बच निकला हूँ पर
है किधर जाना मेरी परछाइयों को क्या पता

दोष है मेरा मैं खो देता हूँ अपना होश क्यों
दोष कैसे दूँ तेरी अंगड़ाइयों को क्या पता

फल के बदले में उन्हें पत्थर मिलेंगे कल यहाँ
फूलती मासूम उन अमराइयों को क्या पता

बस मिलन का जश्न है, बाजा है और बस शोर है
दिल में क्या था क्या हुआ शहनाइयों को क्या पता

दो दिलों के ख़्वाब टूटे ख़ुदकुशी करने को हैं
सिर्फ़ चर्चा भर हैं उन रुस्वाइयों को क्या पता

बाप था बेटा था वो या फिर कोई मज़लूम था
हाथ में ख़ंजर लिये दंगाइयों को क्या पता

* * *

41

इक दर्द अब भी दिल में दबा छोड़ दिया है
रूमाल पे इक नाम लिखा छोड़ दिया है

उस बाग़ को तो घर की ज़रूरत ने लिया खा
इक पेड़ बस यादों को खड़ा छोड़ दिया है

तू जा चुका था फिर भी तो उम्मीद ना छूटी
तेरी गली में एक दिया छोड़ दिया है

मुझसे नहीं सैलाब से पूछो ये किया क्या
वो दर्द का टीला तो बना छोड़ दिया है

हम आसमाँ से करते यही बात हैं अब रोज़
ले चांद तेरा अबकी दफ़ा छोड़ दिया है

दुश्मन तुझे भी देंगे दी जो सबको निशानी
पत्थर पे तेरे ख़ून लगा छोड़ दिया है

✸

42

हमसफ़र हर मामले में उम्रभर ज़्यादा लगा
बेटियों में घर चलाने का हुनर ज़्यादा लगा

हमसफ़र ने आके ही मेरा मकाँ घर कर दिया
बेटी के आने से मुझको घर वो घर ज़्यादा लगा

हाथ में लेकर क़लम बेटी ने कल पापा लिखा
बात थी यह आम सी लेकिन असर ज़्यादा लगा

चाँद पर बेटी दिखी मुझको लगा होना ही था
बेटी का दुनिया को जानें क्यों सफ़र ज़्यादा लगा

मैं था इक शादी में लोगों ने कहा ये रस्म है
बेटी को खोने का मुझको तब से डर ज़्यादा लगा

शख़्स इक बोला है बेटी चौके-चूल्हे के लिए
आदमी वो बेटियों से बे-ख़बर ज़्यादा लगा

✺

   चलो अब घर चलें यारो

43

तो मुझको अब से तुम भी अपना दीवाना नहीं कहना
मुझे भी अब तेरी आँखों को पैमाना नहीं कहना

शमा को गर तेरे जलने से कुछ हासिल नहीं होता
तो कीड़ा कह दें तुझको अब से परवाना नहीं कहना

मेरे ग़म, दर्द, आँसू सब के सब ये मेरे अपने हैं
तुम्हारे बिन नहीं जीना, है मरजाना नहीं कहना

तुम्हारे चुटकुलों का मैं मसाला कब तलक बाँटूँ
मुहब्बत का मुझे है अब से अफ़साना नहीं कहना

मुहब्बत के लिए खोया है हमने सब ने कुछ ना कुछ
इसे क़ीमत तो कह सकते हो हरजाना नहीं कहना

भले कितना भी उलझा हो ये रिश्ता कुछ तो है अपना
मुझे तुम मान लो दुश्मन यूँ बेगाना नहीं कहना

❂

44

जब ख़्वाब हैं तो क्यों मैं सँभलते हुए देखूँ
मैं चाँद को कमरे में टहलते हुए देखूँ

माना बजट तो इस महा भी साथ ना देगा
बच्चों को पर मैं कैसे मचलते हुए देखूँ

लम्बी उमर की भी है दुआ बहुआ ही बस
घुट-घुट के अब मैं भी उम्र ढलते हुए देखूँ

इक आशियाँ की ख़्वाहिश में है उम्र ये गुजरी
कैसे किसी घर को अब मैं जलते हुए देखूँ

हो चाँद मेरे घर में औ हो चाँदनी ही रात
मैं चाँद फिर आँगन में निकलते हुए देखूँ

बस ख़्वाब था इतना सा जो सोने नहीं देता
मैं साथ उसको अपने टहलते हुए देखूँ

चलो अब घर चलें यारो

45

मंत्री है वो ख़राब ना रानी ख़राब है
मौसम का है ये दोष जवानी ख़राब है

कैसा शरीफ़ शख़्स था मैं भी बहक गया
ऐ दोस्त तेरे शहर का पानी ख़राब है

जो इश्क़ ना किया तो बता तूने क्या किया
औ इश्क़ हो गया तो कहानी ख़राब है

इक गुलबदन में जा के उलझ जाती है नज़र
आदत मेरी भी यार पुरानी ख़राब है

वैसे सुहागरात है रूहों का मेल बस
पर जाने क्यों ये लफ़्ज़ का मानी ख़राब है

दूजे का ग़म ख़ुशी दे जो तो फिर वो क्या ख़ुशी
ऐसी ख़ुशी भी यार मनानी ख़राब है

46

इमारत वो जो है सबसे पुरानी
वहीं बिखरी है बस मेरी कहानी

जहाँ पर था घुटन का राज कल तक
वहीं पे अब है खिलती रात रानी

तुम्हारे काम आये कटते जंगल
हमारे काम आयी बाग़बानी

उखड़ती साँस से मैं बोल आया
मुझे भी है नयी दुनिया बनानी

मैं इस नादान दिल से क्या कहूँ अब
तसल्ली है मुझे इसको दिलानी

जहाँ पर भी कोई ज़िन्दा दिखेगा
वहीं रख देंगे हम भी ज़िन्दगानी

चलो अब घर चलें यारो

47

वो इतनी रात को घर छोड़ आये
मुसाफ़िर रात का डर छोड़ आये

कहीं होगा सुकूँ ये सोचकर बस
परिंदे मर गये घर छोड़ आये

अँधेरे में पले हैं इसलिए हम
कहीं पर धूप रखकर छोड़ आये

उन्हें बस भूख का डर इस क़दर था
वो अपनी मौत का डर छोड़ आये

था इक रिश्ता जिसे अब सोचते हैं
नहीं था छोड़ना पर छोड़ आये

कोई छोड़े अगर तो मर ही जाता
जिसे हम यूँ ही हँसकर छोड़ आये

48

ऐसी अदब की शाम थी क्या-क्या सुना गया
शायर ग़ज़ल से हो शुरू गाली पे आ गया

जीते जी जिस नेता को सब कहते थे चोर है
मरने पे उसके नाम का पत्थर रखा गया

था कौन जिसने दिल को दी है पान की ये शक्ल
मौका मिला जिसको जिसे वही चूना लगा गया

मैंने निकाले कितने फिर मतलब फिज़ूल के
इक शख़्स मुझको देख के बस मुस्कुरा गया

बोला दरोगा लाश ये भी ख़ुदकुशी की है
मतलब उसे भी जेब में कुछ मिल मिला गया

कहते हैं वो थे वीर जो बिन सर के लड़ गये
कैसा बहादुर तू है जो घुटनों पे आ गया

✻

चलो अब घर चलें यारो

परिन्दा उड़ता है फिर किस शजर पे बैठता है
मुझे मालूम है तू किसके घर पे बैठता है

वो ख़ुद कहता है मैं ख़तरा अँधेरों के लिए हूँ
वो फिर उस जंग में जुगनू के पर पे बैठता है

चला मैं उम्र भर लेकर थकन हूँ साथ अपने
मेरे बच्चे तू क्यों कच्ची उमर पे बैठता है

समझ लो इश्क़ की बुनियाद भी है सिर्फ़ इतनी
तू बैठा आँखों में है या नज़र पे बैठता है

नहीं है वो मिरा ये सच है औ मैं जानता हूँ
मेरा दिल फिर भला क्यों इस ख़बर पे बैठता है

तेरे हिस्से का हर आराम है तुझको ही मिलना
तो तू मंज़िल पे रुक तू क्यों सफ़र पे बैठता है

50

छोड़ मुझको उस परी को क्या हुआ
आँखों की जादूगरी को क्या हुआ

है किसी बेबा सी क्यों उजड़ी हुई
पूछिए तो उस नदी को क्या हुआ

हैं ग़ज़ल के नाम पर भी चुटकुले
जाने इस विकसित सदी को क्या हुआ

सिर्फ़ ग़म की बात सुनता कौन है
जाने मेरी मौसिक़ी को क्या हुआ

है सभी कुछ लगता है कुछ भी नहीं
क्या कहूँ इस ज़िन्दगी को क्या हुआ

क्या हुआ उस तीरगी को चाँद से
मुझसे मिलकर चाँदनी को क्या हुआ

चलो अब घर चलें यारो

51

किसी डर से ज़ुबाँ पर उसके गर अब तक भी ताला है
यक़ीं से कह रहा हूँ शख़्स जल्दी मरने वाला है

ज़माना हो गया है आजकल अख़बार के जैसा
तेरे ग़म दर्द आँसू जो हो इसको सब मसाला है

लगे है ख़तरे जैसे साया बनकर साथ चलते हैं
हमेशा लगता रहता है कहीं कुछ होने वाला है

तड़प मछली की कोई बेवजह तो हो नहीं सकती
किसी ने चारा फेंका है किसी ने जाल डाला है

तुम्हें गर दर्द है तो हो, ये दुनिया यूँ ही चलती है
किसी की जान की क़ीमत किसी का इक निवाला है

हैं उनके झूठ भी सच औ हमारे सच भी झूठे हैं
बहुत गुमनाम हैं हम और उनका बोलबाला है

52

जिसे हम सोचते थे ना घराने तक चली जाये
वही अब बात लगता है ज़माने तक चली जाये

जवानी फिर से ना आये ना फिर से इश्क़ हो हमको
तुम्हारी याद मेरी मौत आने तक चली जाये

किसी को इश्क़ में मजबूर अब इतना भी क्या करना
मिलन की बात भी आख़िर बहाने तक चली जाये

हमारे इश्क़ की भी हैसियत इतनी तो निकली है
कहानी से शुरू होकर फ़साने तक चली जाये

यही क्या हश्र होना था हमारी ज़िन्दगी का भी
हमारी ज़िन्दगी तुमको भुलाने तक चली जाये

हों गर रिश्तों में तकरारें तो घर के दायरों में हों
कहाँ रिश्ता बचा गर बात थाने तक चली जाये

चलो अब घर चलें यारो

53

जवानी में ज़रा बचपन मिला लेता तो अच्छा था
तुझे खेलों में ही दुल्हन बना लेता तो अच्छा था

ये मेरे अश्क ले जाकर वहाँ बरसात करती हैं
हवाओं पर कोई बन्दिश लगा लेता तो अच्छा था

यूँ मरना रोज़ घुट-घुटकर सफ़र गर ज़िंदगी का है
तो मैं श्मशान में ही घर बना लेता तो अच्छा था

ज़माने से लड़ा हर बार कुछ ना कुछ गँवा बैठा
जो मैं ख़ुद को अगर बुज़दिल बना लेता तो अच्छा था

भले ही बाद अर्से के इकट्ठे लोग घर में हैं
मैं अपनी मौत पर होली मना लेता तो अच्छा था

किसी के दर्द पर रोया किसी को दर्द दे रोया
मैं ख़ुद को भी जो पत्थर दिल बना लेता तो अच्छा था

54

ज़ालिम है कौन या कहूँ सैय्याद कौन है
मैं सोचता हूँ अब कि मुझको मुझे याद कौन है

ढलती हुई जवानी से बचपन तलक खोदो
फिर जानों मेरे दर्द की बुनियाद कौन है

मैं बाद जिसके मर गया बस साँस ही चली
वो पूछता है मुझसे मेरे बाद कौन है

दस्तक नहीं देता है जो देता है बस घुटन
दिल में मेरे ये आजतक आबाद कौन है

उसको भी अब चोटों में ही आने लगा मज़ा
ज़ख़्मों पे दे रहा है मेरे दाद कौन है

है बाँटने का ग़म भी तो अपना अलग मज़ा
हर आह पे कहे जो बस इरशाद कौन है

55

मिटा देना ही मज़हब बन गया है
लगा बारूद का सब बन गया है

किसी पत्थर को यूँ सिद्दत से पूजा
कि अब पत्थर का ही रब बन गया है

मुझे परदेश ले आयी ज़रूरत
सभी कहते हैं साहब बन गया है

मेरी यादों में है तालाब अब भी
मकाँ जाने वहाँ कब बन गया है

था कब सोचा उसे पागल बनायें
वो ख़ुद कहता है मतलब बन गया है

कोई ठोकर लगे अब कैसे तोड़ें
ये रिश्ता आपसे जब बन गया है

56

बारिश गिरे कहीं या तो फिर आग जल उठे
ऐसी ग़ज़ल कहो कि बस महफ़िल मचल उठे

मौला मेरे आँसू मेरे लफ़्ज़ों में घोल दो
उठने लगे जो दर्द-ए-दिल ज़्यादा ग़ज़ल उठे

हैं ज़ख़्म इतने दिल में की दिल में जगह नहीं
है दर्द भी परेशाँ मेरा किस बगल उठे

कर शख़्सियत ऊँची तो मेरी इतनी कर ख़ुदा
मुझसे मिले जो कोई तो पंजो के बल उठे

कल पास थे वो ख़्वाबों में तो हम ना उठ सके
उठने लगे जो हम तो फिर करवट बदल उठे

हर बार बस किसानो का रोना रहा यही
दूँगा उधार तेरा बस अबकी फसल उठे

❂

चलो अब घर चलें यारो

57

कोई बचपन माँ से अपनी लोरियाँ सुनता रहा
कोई फुटपाथों पे केवल गालियाँ सुनता रहा

मोतियों की चाह क़त्ल-ए-आम करवाती रही
औ समंदर सीपियों की सिसकियाँ सुनता रहा

याद मेरी करती है तुमको परेशाँ सोचकर
बैठा-बैठा बस मैं अपनी हिचकियाँ सुनता रहा

है मुहब्बत ही इबादत सबने ये लिक्खा पढ़ा
और फिर आशिक़ जहाँ की गालियाँ सुनता रहा

मैंने अपने दर्द, ग़म, आँसू ग़ज़ल में कह दिये
लोग पागल से हुए मैं तालियाँ सुनता रहा

सबके अपने-अपने मसले कौन किसका साथ दे
बैठकर बस मैं भी क़िस्सेबाज़ियाँ सुनता रहा

✺

58

कभी कहने हैं ग़म ख़्वाबो ख़्याल कहना है
ग़ज़ल में मुझको अपने दिल का हाल कहना है

नये शायर हैं हमको कौन सुन लेगा ऐसे
हमें तो और भी ज़्यादा कमाल कहना है

वो ये कहता है कि कहने से कुछ नहीं होगा
मैं ये कहता हूँ की मुझको तो हाल कहना है

कभी कहने हैं तेरी वे-वफ़ाई के किस्से
कभी फिर तेरा ही हुस्नो-जमाल कहना है

बहुत पहले से यूँ दुनिया मेरी वियाँवा है
कहानी देके पर गुल की मिसाल कहना है

कहीं भी मैं यूँ तेरा नाम तो नहीं लेता
उठे अब तुझ पे या मुझपे सवाल कहना है

वो जो उनसे कभी कहते हुए डरा था मैं
वही क़िस्सा तो अब ग़ज़लों में डाल कहना है

चलो अब घर चलें यारो

59

टूटके बाँहों में ढह जाना ग़लत होता नहीं
इश्क़ में दूजे का हो जाना ग़लत होता नहीं

कान में साहिल के लहरों ने ये टकराकर कहा
दिल में नेकी हो तो टकराना ग़लत होता नहीं

इश्क़ के ही नाम हैं इल्ज़ाम सब क्यों दर्द के
हम बहक जाते हैं पैमाना ग़लत होता नहीं

ख़्वाहिशें पूरी हुईं सारी अना को बेचकर
ऐसे ज़िन्दा हो तो मर जाना ग़लत होता नहीं

धूप ये बोली नदी की तलहटी को चूमकर
इस तरह दिल में उतर जाना ग़लत होता नहीं

गर तेरे झुकने से दुनिया में सुकूँ बरपा करे
उस जगह थोड़ा सा झुक जाना ग़लत होता नहीं

मैं छान कर के अपनी सब पहचान देख लूँ
दिल को मेरे जो भाये वो इंसान देख लूँ

बचपन में इन आँखों में बस महलों के ख़्वाब थे
अब रोज़ दिल ये करता है खलिहान देख लूँ

चिड़िया ये चाहती है चूजा पास में रहे
चूजा ये चाहता है मैं असमान देख लूँ

ख़ंजर ज़िगर में मारो तो फिर क़ायदे से हो
रहती कहाँ है मैं भी मेरी जान देख लूँ

जिसने दिखाई दुनिया उस बाबा ने कल कहा
बेटा मुझे उठा दे मैं दालान देख लूँ

आँसू को दे रहा हूँ मैं आकार आजकल
अब जल्दी से मैं अपना इक दीवान देख लूँ

61

मुहब्बत आजकल तो कपड़ों से जल्दी बदलती है
कभी लड़का बदलता है, कभी लड़की बदलती है

उसे भी इश्क़ है मुझसे या फिर ज़्यादा जलाना है
वो जब भी मुझसे मिलती है नयी कुर्ती बदलती है

किसी की मौत पर ख़ुश हो अगर तो जान लो ये भी
मियाँ ये मौत है ये हर घड़ी बस्ती बदलती है

अजब सा ख़्वाब रोज़ाना परेशाँ मुझको करता है
किसी डायन के चेहरे में मेरी तितली बदलती है

बचत कहते हैं जिसको वो भला अब कैसे हो पाये
कभी टीवी, घड़ी, सोफा कभी कुर्सी बदलती है

हमें भी शौक़ थे काफ़ी नबाबी हम पे छायी थी
ज़रूरत सब नबाबों की मियाँ मर्ज़ी बदलती है

62

वो ना अब ख़्वाब देती है न वो मुझको रुलाती है
तेरी अब याद भी करती नहीं कुछ सिर्फ़ आती है

तुम्हारे बिन नहीं था कुछ तुम्हारे बिन भी ज़िन्दा हूँ
ज़रूरत आदमी को किस क़दर पत्थर बनाती है

उसे मैं आज भी गुल के सिवा कुछ भी नहीं लिखता
वही लड़की जो मुझको राह का काँटा बताती है

ख़ुदा का है करम दुनिया में कुछ ज़ाया नहीं जाता
सड़ी लकड़ी हो तो दीमक उसी में घर बनाती है

मुझे सच में लगा है फ़र्क़ बेटे और बेटी में
मेरी बेटी मुझे जब प्यार से पापा बुलाती है

हाँ दिल टूटे हुए धोखे बहुत रोये बहुत तड़पे
यही सब सीख है जो आपको चलना सिखाती है

ये नंगापन अदब पर आज भारी पड़ गया शायद
ग़ज़ल में शेर होते थे ग़ज़ल अब गिड़गिड़ाती है

चलो अब घर चलें यारो

63

ये गूगल वाले रिश्तों में तो सच्चाई नहीं आती
मेरे घर आजकल मौसी, बुआ, ताई नहीं आती

कहाँ अब राम, लक्ष्मण हैं वो रिश्ता है मज़ाक़ों का
कहीं अब माँ के दर्जे में तो भौजाई नहीं आती

वही मख़मल वही है सूत जो बचपन में पहना था
मगर ना जाने क्यों पहले सी चिकनाई नहीं आती

है जैसे हुस्न का मेला सभी चेहरे ही गुल से हैं
मगर अब कोई लड़की तुझ सी इठलाई नहीं आती

मियाँ ये इश्क़ की चोटें तो सब गुमचोट होती हैं
किसी के चेहरे पे ये चोट दिखलाई नहीं आती

अगर कुछ लेना, देना है तो फिर हो जान का सौदा
हमारी सोच के रिश्तों में भरपाई नहीं आती

किसे फुर्सत है जो अब हाल इक शायर का भी पूछे
मेरे जीने या मरने से तो महँगाई नहीं आती

✦

64

तेरे आने का दिल से अब भी अन्देशा नहीं मरता
हैं मरते लोग जैसे उनका संदेशा नहीं मरता

थे अपने पुरखे गर बन्दर तो हम बन्दर ही अच्छे थे
किसी मज़हब पे फिर तेरे मेरे जैसा नहीं मरता

बहुत दौलत की ख़ातिर मैंने क़त्ल-ए-आम देखा है
किसी इन्सान की ख़ातिर यहाँ पैसा नहीं मरता

किसी की भूख क़त्ल-ए-आम पर भारी पड़ी होगी
नहीं तो बेवजह मासूम सा चूजा नहीं मरता

ये मज़हब, जाति, सरहद जैसा गर कुछ भी नहीं होता
उजड़ता ना कोई घर यों कोई बेटा नहीं मरता

समंदर तुम बड़े होते ही खारे हो गये वरना
ज़माने में सुकूँ होता कोई प्यासा नहीं मरता

चलो अब घर चलें यारो

65

वैसे मैं तेरे प्यार के काबिल तो नहीं था,
पर बोल मुझको भूलना मुश्किल तो नहीं था

आवाज़ थी रोने की बस चोटो की नहीं थी,
अब सोचता हूँ वो ही मेरा दिल तो नहीं था

तू भी मनू कह ना सका जो कहना तुझे है,
तू यार पहले इस क़दर बुज़दिल तो नहीं था

लड़ता रहा मैं लहरों से सोचा था यही बस,
तक़दीर में मेरे कहीं साहिल तो नहीं था

बस रख लिया यह सोचकर कुछ ना से भला कुछ,
मैं जानता था वो मेरा हासिल तो नहीं था

मुझसे बिछड़ के ख़ुश है वो हैरत है मुझे ये,
संगदिल था वो पर इतना भी संगदिल तो नहीं था

❋

66

हमारे शेर में आयी तभी से घूमती होगी
तुम्हारी याद महफ़िल में ख़ुशी से घूमती होगी

जहाँ पर आज पतझड़ है वहाँ कलियों के मौसम थे
कोई तितली अभी भी बेबसी से घूमती होगी

हमारे भी जुदा होने से कुछ बदला नहीं होगा
अभी भी धूप बगिया में ख़ुशी से घूमती होगी

कोई रस्ता यहाँ सीधे से मंज़िल तक नहीं जाता
सड़क सीधी दिखे तो भी कहीं से घूमती होगी

वो सूरज है अगर ना हो तो हम ज़िन्दा ना रह पायें
ज़मीं बच्चों की ख़ातिर रौशनी से घूमती होगी

उसे भी शौक़ था बस घूमने का साथ थी जब वो
अकेली है तो अब बेचारगी से घूमती होगी

✺

चलो अब घर चलें यारो

67

इक ख़्वाब की तलाश लिये फिर रहा हूँ मैं
अब बस ग़मों की लाश लिये फिर रहा हूँ मैं

वो हुस्न था या जाम था मदहोश था मैं बस
महफ़िल में अब गिलास लिये फिर रहा हूँ मैं

आँखों में ख़्वाब लाखों करोड़ों के हैं मेरे
पॉकिट में सौ पचास लिये फिर रहा हूँ मैं

खोया हूँ इस क़दर कि मैं ख़ुद को नहीं मिलता
इक गुमशुदा तलाश लिये फिर रहा हूँ मैं

कोई पहाड़ मुझको उठायेगा अपने साथ
ये किस तरह की आस लिये फिर रहा हूँ मैं

कल इश्क़ के लिए ही सँवरता था मैं औ अब
इक चेहरा बदहवास लिये फिर रहा हूँ मैं

❂

68

नाज़ुक से कलेजे पे ज्यों छूरी उतर गयी
ऐसी थी वो कि दिल में बस सीधी उतर गयी

बच्चों को मुहब्बत समझ आती है इस क़दर
रूठा था मैं तो गोद से बेटी उतर गयी

मौसम भी दिखा ऐसा है इस बार क्या कहूँ
हर फूल से लगता है की तितली उतर गयी

ऐ काश मेरा घर भी बस होता वहीं कहीं
इक आश थी जो साथ में दिल्ली उतर गयी

यूँ सच ना मुझे बोलना था सामने तेरे
मुस्कान थी चेहरे पे जो नकली उतर गयी

देखा जो उसे सामने बस होश गुम हुए
जितनी भी पी थी यार वो पूरी उतर गयी

❋

     चलो अब घर चलें यारो

69

जब यहाँ सब नया-नया होगा
फिर पुराने हुनर का क्या होगा

इक नये घर का ख़्वाब है उसका
जाने अब उस शजर का क्या होगा

चाँद पर जाने की है ज़िद मेरी
अब मेरे गाँव घर का क्या होगा

हर कोई होशियार है अब तो
जाने अब इस शहर का क्या होगा

दिल हैं पहले से जब सभी घायल
तेरे तीर-ए-नज़र का क्या होगा

मंज़िलें कम हैं भीड़ ज़्यादा हैं
बाक़ी सब के सफ़र का क्या होगा

✳

70

दवा की बात हो या फिर ज़हर की बात करूँ
बताओ इश्क़ के मैं किस असर की बात करूँ

कहा क्या इश्क़ में कितने हुए बर्बाद यहाँ
मियाँ अब तुमसे मैं सारे शहर की बात करूँ

परिन्दा चोट खाये तो उड़ाने और बढ़ें
आओ तुम से उसी तीर-ए-नज़र की बात करूँ

अकेले रास्ते काटे नहीं हैं कटते यहाँ
जो आओ साथ तुम मैं भी सफ़र की बात करूँ

परिन्दे आ कभी कर आके मेरी छत पे गुज़र
मुझे महसूस हो मैं भी शजर की बात करूँ

नये लोगो से ही मिलना है यूँ तो शौक़ मेरा
कोई पर अब हो जिससे उम्रभर की बात करूँ

चलो अब घर चलें यारो

71

रंग कितने लिए वो मंज़रों को रंगता है,
बस वो एहसास है जो की घरों को रंगता है

बेटी पैदा हुई बढ़ने लगी तो मैं ये समझा,
वो ख़ुदा कैसे तितली के परों को रंगता है

जो कभी रंगता था मेहंदी से गोरे हाथों को ,
है सुना आजकल वो मक़बरों को रंगता है

कोई करता है उन्हीं चादरों पे रंगबाजी,
तो कोई भूखा उन्हीं चादरों को रंगता है

उम्र बढ़ने नहीं देते यहाँ सब लोग यूल भी,
हर कोई आजकल अपने सरों को रंगता है

है हँसी में तेरी हिस्सा तो कुछ उस शख़्स का भी ,
जो पीछे पर्दे के सब जोकरों को रंगता है

72

हम पैसों से नहीं जज़्बात से रिश्ता चलाते हैं
हमारे दोस्त ऐसे भी हैं जो रिक्शा चलाते हैं

ये आशिक़, हुस्न, मय, रंगीन सी शामों की सब बातें
हैं हम इंसान अच्छे, जीभ बस ज़्यादा चलाते हैं

हमारे शेर जिस पर हो ज़ेहन में जो भी चलता हो
जो चाहे देख ले घर को भी हम बढ़िया चलाते हैं

हैं ख़ुद खोये हुए औ याद भी रखना है कितना कुछ
सुख़नवर ज़िन्दगी का किस तरह पहिया चलाते हैं

फ़क़ीरी मेरी आदत है सो मैं गुमनाम रहता हूँ
मगर कुछ दोस्त मेरे नाम का सिक्का चलाते हैं

सुना बन्दूक़ चलवाना ही उनका शौक़ है वैसे
मगर हो भीड़ तो वो गाँधी का चरखा चलाते हैं

चलो अब घर चलें यारो

73

किसी काग़ज़ पे जो चेहरा तराशा याद करते हैं
जो हम बचपन का वो सारा तमाशा याद करते हैं

हाँ थे कुछ जायक़े जो आज तक वापस नहीं लौटे
अभी हम दूध में गिरता बताशा याद करते हैं

तेरा जाना भी हर दिन शाम को अब याद आता है
हैं ऐसे चाँद हम जो कि कुहासा याद करते हैं

कोई बिल्ली जो रस्ता काट दे तो हम ठिठकते हैं
बहाने अपशगुन माँ को ज़रा सा याद करते हैं

हैं गाने शोर से अब और जब सिर दर्द करता है
तो हम बचपन का अपने ढोला ताशा याद करते हैं

है इतना कुछ मयस्सर अब ज़रूरी कुछ नहीं लगता
तो नदियाँ याद करते हैं औ प्यासा याद करते हैं

हमारे शेर ना जाने अभी तक क्यों नहीं महके
यूँ तो हम रोज़ ही फूलों की भाषा याद करते हैं

74

ग़ज़ल को राजसी तकदीर दे दें
कहो तो उसकी इक तस्वीर दे दें

ये राँझे होशियारी सीख आये
मिले पैसा तो अपनी हीर दे दें

तुम्हें जितना भी दें कम लग रहा है
तुम्हें क्या बाप की जागीर दे दें

ख़ुशी को सौंप दें हम सारी दुनिया
ग़मों आओ तुम्हें ज़ंजीर दे दें

है तेरे हुस्न ने कितनों को लूटा
तो तेरे नाम पे तहरीर दे दें

ग़मों को इतना ज़्यादा जानते हैं
कहो घण्टों तलक तक़रीर दे दें

चलो अब घर चलें यारो

75

तू भी मुझको देखता है सच बता
यार तेरे दिल में क्या है सच बता

क्यों सुबह वो चाँद शर्माकर छुपा
रात को क्या-क्या हुआ है सच बता

ये कली इतनी खिली पहले न थी
इसको भँवरे ने छुआ है सच बता

तेरे चलते माँ ने कल पूछा मुझे
गाल पर ये क्या लगा है सच बता

तीर का दिल पर जो तेरे है निशाँ
दिल से ये किसके जुड़ा है सच बता

तेरी ख़ातिर छोड़ सकता हूँ मैं सब
मुझमें गर कुछ भी बुरा है सच बता

76

मेरे चेहरे का फीकापन मेरे दामन से ज़्यादा है
बुढ़ापे से भले कम है मगर बचपन से ज़्यादा है

सुनाने और सुनने में था क्या महसूस करना था
ये दर्द-ए-दिल हमारा हर घुटन, तड़पन से ज़्यादा है

कभी कोई तुम्हारे घर में भी आशिक़ रहा होगा
तुम्हारे घर में सन्नाटा मेरे आँगन से ज़्यादा है

तुझे पाने की ख़्वाहिश का मेरी आलम है इतना बस
ये पागलपन से तो कम है दिवानेपन से ज़्यादा है

समझते सब हैं पर ना जाने क्यों बर्बाद होने पर
किसी के इश्क़ में पड़ना तो हर उलझन से ज़्यादा है

हमारी साँस से भी बार ज़्यादा आते हो दिल में
हमारी सोच की रफ़्तार जो धड़कन से ज़्यादा है

चलो अब घर चलें यारो

रात हमने थोड़ी सी पी और बाक़ी छोड़ दी
दिल के इक कोने में थोड़ी सी उदासी छोड़ दी

अपना हम रिश्ता बचाएँ या कि बोलो सच कहें
बात लब पर आ गयी थी हमने आधी छोड़ दी

मैकदे में कल सुना सब लोग प्यासे रह गये
उस पे ये एहसान है तुमने ज़रा सी छोड़ दी

आँख में आये हुए आँसू को अन्दर रोक कर
कल नदी हमने भी आख़िरकार प्यासी छोड़ दी

एक ख़्वाहिश ने हमारा हाल ऐसा कर दिया
दूसरी ख़्वाहिश तो फिर कमरे में रक्खी छोड़ दी

हमने ख़ुशबू दूर से ली फूल को छेड़ा नहीं
बाग़ के हर इक शजर पर तितली बैठी छोड़ दी

78

ख़ंजर ना ही गोली के निशाने ने किया है,
ये ज़ख़्म तेरे झूठे बहाने ने किया है

जो इश्क़ था उसने तो मुझे पागल किया था,
शायर मुझे महबूब जमाने ने किया है

जिसने किया बर्बाद है उसका भी कोई घर,
कैसे बताऊँ मैं की फलाने ने किया है

इस शायरी ने दी है मेरे दिल को फकीरी,
बर्बाद मेरे मिलने मिलाने ने किया है

वो लूटने वाला तो कोई क़ातिल नहीं था,
फिर क़त्ल तेरे शोर मचाने ने किया है

जब चोट दुश्मन कोई मुझे दे ना सका तो,
वो काम मेरे गाँव घराने ने किया है

 चलो अब घर चलें यारो

79

भला यूँ धूप की चादर बनाकर रोकता क्यों है
सवेरा चाँद की उस लय को आकर रोकता क्यों है

नदी की मौज को हर रास्ता कुदरत ने है बख़्शा
तू उस पर बाँध की ठोकर बनाकर रोकता क्यों है

तुझे तब रोकना था इश्क़ में जब हम नये से थे
मुझे पूरी तरह रस्ते पे लाकर रोकता क्यों है

तुझे पाने की हर ख़्वाहिश मेरी बेकार है जब की
मुझे फिर ख़्वाब मेरा गिड़गिड़ाकर रोकता क्यों है

वही बस एक रिश्ता है सुकूँ देता है जो मुझको
ज़माना उसको नाजायज़ बताकर रोकता क्यों है

ये ठोकर ही नयी मंज़िल, नये रस्ते बनाती है
तू बच्चों को सफ़र का डर दिखाकर रोकता क्यों है

कहाँ कहते हैं पत्थर नाम के ऊँचे लगा देंगे
ग़ज़ल से हाँ मगर हम अम्न के झण्डे लगा देंगे

ज़माना आजकल ऐसा है तू ख़ुद ही सँभलकर चल
किसी से रास्ता पूछा तो वे रस्ते लगा देंगे

तुम्हारा नाम पेड़ों पर नहीं गोदेंगे हम जाना
तुम्हारे नाम के बाग़ान में पौधे लगा देंगे

ग़ज़ल वाले हैं हमको बेचने ग़म, दर्द, आँसू हैं
तुम्हें गर चाहिए बोलो तो कुछ सस्ते लगा देंगे

ग़ज़ब के लोग हैं ये सब ग़ज़ब है प्यार क़ुदरत से
ये सब पेड़ों को काटेंगे वहाँ गमले लगा देंगे

अदब की महफ़िलें बाज़ार सी लगने लगी हैं अब
मिले पैसा तो हम सब मंच पर ठुमके लगा देंगे

❋

81

भले टूटें तो भी टेढ़े नहीं हो पाते है
हैं हम ऐसे कि दरिंदे नहीं हो पाते हैं

यही तो दर्द सताता है हमको सदियों से
हमारे लोग इकट्टे नहीं हो पाते हैं

पढ़ा है तुमने तो फिर तुम उसे मानो भी तो
इकट्ठी लकड़ी के टुकड़े नहीं हो पाते हैं

तेरे जाने से यही बदला मेरी दुनिया में
है होती धूप उजाले नहीं हो पाते हैं

सड़क पर तेरी रहा देखना अब कैसे हो
जो हम चाहें भी तो लड़के नहीं हो पाते हैं

भले ही तुमको बुरी लगती हो बातें मेरी
करें क्या हमसे तो जुमले नहीं हो पाते हैं

✵

82

मैं हूँ इन्सान तो जगता है इक एहसास रोज़ाना
कोई ना कोई हो जाता है अपना ख़ास रोज़ाना

कभी ख़्वाहिश मरी कोई कभी एहसास मरता है
मेरे भीतर पड़ी रहती है कोई लाश रोज़ाना

अगर दिल की सुने सब छोड़कर बस उसको देखें हम
ये दिल ऐसा है जो करता है बस बकवास रोज़ाना

मेरे तो दोस्त अब बस हैं शजर औ कुछ परिन्दे हैं
अभी भी बैठता हूँ जाके उनके पास रोज़ाना

मुझे तक़दीर मेरी दे रही है रोज़ ही धोखा
उसी पर फिर से कर लेता हूँ मैं विश्वास रोज़ाना

यहीं के लोग इक दूजे से भी मिलने से डरते हैं
यहीं पे होता रहता है कोई इजलास रोज़ाना

83

तुम्हारी आँख में आँसू का आना ही बहुत है
हमारे इश्क़ का ये मेहनताना ही बहुत है

अजी सर छोड़ो तुम तो जिस्म भी ढँकते नहीं हो
तुम्हारी आँख का थोड़ा लजाना ही बहुत है

ख़तों को कौन बोलो आजकल लिखता है ख़ूँ से
हमारे नाम की मेहँदी रचाना ही बहुत है

जिसे देखो उसे है आजकल जिस्मों की ख़्वाहिश
तेरे हिस्से में तो फिर ये दिवाना ही बहुत है

था ऐसा ख़्वाब तू जिसको कि आँखें छू ना पातीं
मुझे मिलने यूँ तेरा उठके आना ही बहुत है

निभाना मुझसे तुमने खेल क्या बच्चों का समझा
तुम्हारे ख़्वाब की हद में ज़माना ही बहुत है

84

खोये हुए ना जाने है किसके ख़्याल में
रख्खा हुआ है हमने ख़ुद को कैसे हाल में

कैसे सुख़न को वक़्त दें कैसे कहें ग़ज़ल
उलझे हुए हैं हम अभी भी रोटी दाल में

है काम कुछ औ शौक़ कुछ औ ज़िंदगी अलग
मैं भी फसा हूँ यार ये कैसे बबाल में

ये जाल कितना ख़ूब है ख़ुशबू से तर बतर
अब सब परिंदे फँस के रह जायेंगे जाल में

आया बुरा जो वक़्त तो ख़ुद ढूँढ़ लोगे तुम
हल भी छुपा रहता है हर मुश्किल सवाल में

औक़ात के सब फ़ैसले क़िस्मत के नाम हैं
मछली नदी की है वो जो है छोटे ताल में

❋

 चलो अब घर चलें यारो

85

अब इश्क़ पर कर लें भले जितना फितूर हम,
वो दूर हम से हो गया है उससे दूर हम०

गर इश्क़ सच्चा होता तो होती वो साथ में,
कैसे बताओ ख़ुद को कह दें बेकसूर हम

दिल की कहों, कोई तुम्हें पागल ना कह सके,
तुमको कहो दे दें ग़ज़ल का शऊर हम

माना तेरी आँखों को है बर्दाश्त हम नहीं,
इक दिन तेरे पर ख़्वाब में होंगे जरूर हम

पूछा किसी ने कौन है टूटा हुआ यहाँ,
मैं चुप रहा पर दिल यही चीख़ा हुज़ूर हम

दो शख़्श इक ही जिस्म में कुछ ऐसे कैद हैं,
हँसते हुए मिलते हैं ग़म से चूर चूर हम

86

मेरी दुआ का हश्र असर तक भी आ गया
अनजाने में कल मेरे वो घर तक भी आ गया

मौला मेरी मेहनत का सिला अब तो दे मुझे
जो दर्द था तलबों का कमर तक भी आ गया

बिछुड़े कोई अपना तो बिछुड़ना कहाँ आसाँ
जो छोड़ने आया था सफ़र तक भी आ गया

लड़ता ना मैं लहरों से तो करता भी और क्या
घुटनों तलक पानी था वो सर तक भी आ गया

छूकर हवा जो गुजरी तो बस झूमने लगा
अब फूल का रुआब शजर तक भी आ गया

धुंधला सा मेरी आँख को बचपन में जो दिखा
वो ख़्वाब मेरा आज नज़र तक भी आ गया

चलो अब घर चलें यारो

87

भले हों कैद पर ज़ंजीर से लड़ जाते हैं,
हमीं वो है कि जो तक़दीर से लड़ जाते हैं

हमे मालूम है की चोट हमको लगनी है,
लिए सीना मगर हम तीर से लड़ जाते हैं

कभी यादों से तेरी इश्क़ में खोते हैं हम,
कभी बेज़ा तेरी तस्वीर से लड़ जाते हैं

हमें हथियार से ज़्यादा यक़ीन है हिम्मत पर,
हमारे घाव भी शमशीर से लड़ जाते हैं

जमाने वाले ये दस्तूर कैसे बदलेंगे,
कभी राँझा कभी वो हीर से लड़ जाते हैं

वतन से इश्क़ क्या हैं जाके देखो शरहद पर,
हुए ज़ख्मी सिपाही पीर से लड़ जाते हैं

88

वीरान दिल है पर कोई नक़्शा यहाँ पे है,
अब भी है कोई शख़्स जो रहता यहाँ पे है

इस गाँव के बरगद पे कोई भूत जिन नहीं,
हाँ रूह का मेरी कोई हिस्सा यहाँ पे है

मैं जब चला था बेचने पुश्तैनी वो मकाँ,
चीख़ा मेरा घर दादा का हुक़्क़ा यहाँ पे है

दिल पे जो रख्खा हाथ तो आबाज़ ये सुनी,
अब भी पुराना वो ही ग़म बैठा यहाँ पे है

अब तो अँधेरे हट जा तू कुछ तो लिहाज़ कर,
मैंने चराग़ों को अभी रख्खा यहाँ पे है

इक शख़्स के जानें से मैं बिखरा हूँ इस क़दर,
क़ागज कहीं कपड़ा वहाँ जूता यहाँ पे हैं

❋

चलो अब घर चलें यारो

89

हमें लगता है डर कि याख़ुदा ऐसा ना हो जाए
ग़ज़ल कहने से मेरा चाँद वो रुस्वा ना हो जाए

था कैसा इश्क़ वो हर बात पे ये सोचते थे हम
कि ये कह दें उसे तो वो कहीं गुस्सा ना हो जाए

हमें लगता था ये वो और ज़्यादा हो तो अच्छा है
वहीं वो सोचता था वो कहीं मोटा ना हो जाए

हमारे चाँद से ख़तरा तुम्हारे आसमाँ को था
उसे देखे जो फिर क़द चाँद का छोटा ना हो जाए

वो ऐसा था कि दिल के सारे अरमाँ जाग जाते थे
सभी कुछ बोल दें तो उससे फिर झगड़ा ना हो जाए

हमें था इश्क़ उससे जान से ज़्यादा औ ये डर था
कहीं ये इश्क़ मेरा और भी ज़्यादा ना हो जाए

९०

जहाँ सूरज का शाया डूबता था
मेरा दिल ग़म में ज़्यादा डूबता था

सहारे इसलिए भी मिल ना पाये
मेरा हर बार तिनका डूबता था

सभी ये पूछते थे है कहाँ तू
तेरी यादों में ऐसा डूबता था

नदी ऐसी मुझे बख़्शी गयी थी
मेरा नाख़ून आधा डूबता था

कमाई उस पे पूरी डूबती थी
ना दूँ तो मेरा रिश्ता डूबता था

वो आँखें सच में थीं ऐसा समंदर
मेरी ख़्वाहिश का दरिया डूबता था

नदी में कितने गोते लग रहे थे
कहीं जो एक सिक्का डूबता था

मेरी किस्मत भी ऊँचा बोलती थी
वो लड़की मुझको अपना बोलती थी

मुझे राधा भला मिलती तो कैसे
मेरी माँ मुझको कान्हा बोलती थी

हया का रंग था क्या ख़ूब उसका
वो जो घबरा के ज़्यादा बोलती थी

शहर भर को मुहब्बत का नशा था
हमारी खुल के चर्चा बोलती थी

उसे ख़ामोश देखा रो पड़ा मैं
थी मेरे साथ क्या क्या बोलती थी

कई बातें वो ऐसे बोलती थी
मुझे लगता था इमला बोलती थी

मुझे इस बात का ग़म आज भी है
है जो ख़ामोश कितना बोलती थी

हमें फिर याद आ जाती है उसकी
हमारी छत पे चिड़िया बोलती थी

वो बुढ़िया मुझको ही माँ क्यों लगी फिर
वो तो सबको ही बेटा बोलती थी

92

वो सड़क थी दिल से दिल तक रास्ता जाता हुआ
तुम भी बतलाओ तुम्हें है याद क्या जाता हुआ

लौट आना बोल देता हूँ मैं हर अनजान को
बाद तेरे फिर मुझे जो भी मिला जाता हुआ

कितना पागल हूँ मैं इक काग़ज़ को देखा रो पड़ा
गाँव की तस्वीर थी इक शख़्स था जाता हुआ

रोकना तो चाहता था मैं भी इक रिश्ता मगर
सोच ले तो कौन रुकता है भला जाता हुआ

याद करता है मुझे तू आज भी क्या सच बता
ख़्वाब कल देखा की तू नाराज़ था जाता हुआ

तुम गए पर मुझसे तुम इतने ना जा पाये कभी
रोज़ दिख जाता है कोई तुम ही सा जाता हुआ

93

उसूलों को बिछी चादर पे तो रक्खा नहीं जाता
ये सर हमसे किसी के दर पे तो रक्खा नहीं जाता

मुझे इस दिल को लेकर घूमना है सारी दुनिया में
कभी टूटा हुआ कुछ घर पे तो रक्खा नहीं जाता

कभी अपनी जगह को जान लेना भी ज़रूरी है
हो जितना खूब जूता सर पे तो रक्खा नहीं जाता

कली वो बागबाँ ने इस तरह नाज़ों से पाली है
उसे अब पाँव भी पत्थर पे तो रक्खा नहीं जाता

हमी ने ली थीं ज़िम्मेवारियाँ ख़ुद अपने काँधों पर
भले हो बोझ अब अदभर पे तो रक्खा नहीं जाता

वो ये कहती है बनके दोस्त रहना साथ है मेरे
किसी तरबूज़ को खंज़र पे तो रक्खा नहीं जाता

दिल में है उसको इश्क़ का दरिया दिखाएं हम
फिर सोचते हैं क्या है उसको क्या दिखाएं हम

तस्वीर भी हमसे कभी भी बन नहीं पाई
दिल में जो अपने दर्द को बैठा दिखाएं हम

आँसू मेरे झूठे हैं वो कहता है ये मुझसे
टूटा है दिल तो क्या उसे टुकड़ा दिखाएं हम

आंसू भरी पलकों से हम आँखें तरेरे थे
सोचा था खुद को खुद से कुछ ज्यादा दिखाएं हम

है सिर्फ ग़म मिलता मगर लगती है जहाँ भीड़
आओ तुम्हें वो इश्क़ का रस्ता दिखाएं हम

क्या ख़ूब दिन थे इश्क़ के जब साथ थे हम तुम
अब कैसे करके वक्त को उल्टा दिखाएं हम

95

उसका करीबी हूँ तो चुभन बाँट रहा है
मुझसे मेरा घर अपनी घुटन बाँट रहा है

वो काम अच्छा है या बुरा कैसे बताऊँ
इक शख़्श मज़लूमों में कफ़न बाँट रहा है

ये है वही सूरज जो की सर्दी में सुकूँ था
मौसम बदलते ही वो तपन बाँट रहा है

वो जोड़ने में जिसको पूरी उम्र लगा था
वो बाप अब काँधों का वज़न बाँट रहा है

उस चाँद को समझाओ वो ना ऐसा करे अब
सर्दी यहाँ है   औ वो गलन बाँट रहा है

ऐसी ग़ज़ल की सबको लगा किस्सा है मेरा
शायर लगा ज्यों कोई छुअन बाँट रहा है

तेरी तस्वीर बनाते हुए रह जाते हैं
आँसू फिर आँख में आते हुए रह जाते हैं

लोग हर बार कुचल कर के हमको निकले हैं
और हम रिश्ते निभाते हुए रह जाते हैं

आप कहते हैं शराफ़त को भी उल्लू बनना
हम वही बनते बनाते हुए रह जाते हैं

हम वो हैं जिसने शज़र को दिया था कल पानी
अब परिंदों को बुलाते हुए रह जाते हैं

फूल भगवान के कदमों पे जाके हैं बिछने
भौंरे सब फूल खिलाते हुए रह जाते हैं

यूँ ग़ज़ल हमने भी लिख्खी लहू से है लेकिन
किसकी ख़ातिर ये सुनाते हुए रह जाते हैं

97

आपको ऐसा लगेगा रौशनी चली गई
एक शायर मर गया तो इक सदी चली गई

एक शायर का जनाजा देखकर लगा मुझे
और थी इक दास्ताँ जो अनकही चली गई

तू तो मुझको छोड़के पहले ही जा चुकी थी पर
जब ग़ज़ल आई तो तू थी जो बची चली गई

आज मोबाइल ने बे पर्दा किया है हुस्न यूँ
आशिक़ों के भी ज़ेहन से आशिक़ी चली गई

कैसा ये मज़हब बचाया आपने पूछे ख़ुदा
नाम पे मज़हब के फिर इक ज़िंदगी चली गई

लो ग़ज़ल ने बख़्श दी हर ज़ख़्म को मेरे ज़ुबाँ
थी ज़ेहन में जो घुटन औ बेबसी चली गई

हज़ल

98

बुढ़ापे में कोई नज़रें लड़ाना छोड़ देता है
पुराना नीम क्या शाख़ें बढ़ाना छोड़ देता है

बहुत ज़िल्लत, बहुत लानत, बहुत गाली सही हैं पर
शराबी कोई पैमाना उठाना छोड़ देता है

ग़ज़ब की बात कुछ तो है मुहब्बत में मेरे यारो
कोई आशिक़ भला यूँ ही ज़माना छोड़ देता है

ये कैसा इश्क़ है जिसमें कि बस इक शख़्स की ख़ातिर
कोई माँ-बाप सा रिश्ता पुराना छोड़ देता है

ग़मों के इन्तिहा की बस वही तो पहली है सीढ़ी
जहाँ पर आदमी आँसू बहाना छोड़ देता है

दिवाना इश्क़ करता है, हँसाता है, रुलाता है
वो फिर आख़िर में यादों का ख़ज़ाना छोड़ देता है

इतनी सूखी घास को भी क्यों हरी कहने लगे
सब सुख़नवर अपनी महबूबा परी कहने लगे

इश्क़ की खुजली में हम भी इस क़दर से गिर गये
गाँव की धन्नो को जाकर माधुरी कहने लगे

मुँह भगौने का सा उसका औ जुबाँ चम्मच सी थी
टनटनायी जब वो बातें रसभरी कहने लगे

गाँव के पण्डित जी पकड़े साथ कम्मो के गये
आँखें कर लीं बन्द औ हरि ऊँ हरी कहने लगे

आबरू, इज़्ज़त गयी पर मूँछ जिनकी बढ़ गयी
गाँव के वो लोग ख़ुद को चौधरी कहने लगे

मेरे जितने दोस्त थे, डी. एम., कलेक्टर हो गये
हम निकम्मे थे सो आकर शायरी कहने लगे

100

जज़्बात में वो इश्क़ की हद से गुजर गया,
फिर चप्पलें खाई औ नंगे पाँव घर गया

बेटा हुआ पैदा हुए हैरान इक नेता,
फर्जी यहाँ मतदान आख़िर कौन कर गया

यूँ भी किसी पे मरने की क्या उम्र है कोई,
मरता रहा वो उस पे औ फिर सच में मर गया

थी हीर औ राँझे सी ही यूँ आशिगी मेरी ,
बस फर्क है कि उसके मैं बापू से डर गया

क़िस्सा है उनका मंत्री धरने से हुए थे जो,
हर बार कोई आके उनके मुँह पे धर गया

जब स्वच्छता अभियान में हिस्सा लिया मैनें,
सब ढूँढ़ते ही रह गये की मैं किधर गया

❊

101

पहले थे दीवार से दो चार पत्थर लापता
धीरे-धीरे चोरों ने फिर कर दिया घर लापता

गाँव की नौंटकियों के अपने जलवे हैं मियाँ
जब से है सलमा गयी, हैं लोग सत्तर लापता

अपनी शादी में मेरा हलवाइयों पे ध्यान था
तेल के फिर भी हुए कितने कनस्तर लापता

गाँव में इक रात ये अफ़वाह आयी भूत है
लोग सब मौजूद थे पर सारे बिस्तर लापता

आपको देखा तो दिल में प्रश्न ये आया मेरे
गाँव से मेरे हुए हैं कितने बन्दर लापता

इक मकाँ को लेके भाईयों में कुश्ती यूँ हुई
है मकाँ अब खण्डहर सा औ पलस्तर लापता

चलो अब घर चलें यारो

102

कल तुम्हारी याद आई तो हमें पीनी पड़ी
याद बोतल खींच लाई तो हमें पीनी पड़ी

सर्दियों की बात थी या फिर ग़मों का सिलसिला
हर मरज़ की थी दवाई तो हमें पीनी पड़ी

सब पकौड़ों की कसम बस दोष उस वारिश का है
दिल में ऐसी धुन जगाई तो हमें पीनी पड़ी

है जमाने की बुराई जाम जब सब ने कहा
ख़त्म करनी थी बुराई तो हमें पीनी पड़ी

इक शराबी ने कहा मैं छोड़ ही बैठा था पर
थी भतीजे की शगाई तो हमें पीनी पड़ी

जिक्र था कि घर हुए बर्बाद कितने जाम से
बात ये आगे बढ़ाई तो हमें पीनी पड़ी

स्वर्ग में बैठे हुए सब देवता पीते थे कल
जब उतर नीचे ये आई तो हमें पीनी पड़ी